Lk⁷ 177

LETTRE

A M. RIVOIRE,

Sur quelques passages de sa
Description de la Cathédrale
d'Amiens.

———◆———

A AMIENS,

De l'Imprimerie de Maisnel Fils, Imprimeur
de la Préfecture, Cloître S. Nicolas, n°. 8.

LETTRE

A Mr. RIVOIRE

Sur quelques passages de sa Description de la Cathédrale d'Amiens.

En parcourant, Monsieur, votre Description de la Cathédrale d'Amiens, j'ai dû être étonné d'y trouver mon nom, et de la manière dont vous y rendez compte d'une opinion que j'ai émise, sur quelques figures qui décorent le portail et les tombeaux des deux fondateurs de cette église. Telle que vous l'avez présentée, elle ne méritait ni votre attention, ni celle de vos lecteurs. Je ne puis deviner le motif qui vous a décidé à la produire ; mais quel qu'il soit, avant de me citer, vous deviez lire au moins mon Mémoire, examiner attentivement le portail qui en fait l'objet, et le décrire avec fidélité ; et vous n'avez rien fait de tout cela.

Si votre ouvrage avait été annoncé avec moins de prétention, je me serais cru dispensé de vous répondre ; car je pense que tout lecteur judicieux, après avoir examiné l'édifice, votre livre à la main, pourra conclure de l'inexactitude de vos descriptions, des suppositions que vous vous êtes permises, ainsi que des erreurs dans lesquelles vous êtes tombé, en copiant tantôt trop servilement, tantôt trop peu fidélement, les auteurs que vous avez mis à contribution, et que vous avez oublié de nommer ; tout lecteur, dis-je, pourra en conclure que

A

vous n'avez peut-être pas été plus exact en ce qui me concerne, et qu'il conviendrait de vérifier et de ne pas me juger *visionnaire* sur votre seule parole.

Mais en publiant que votre ouvrage lu à l'Académie, n'a été livré à l'impression que sur son vœu, c'est en quelque sorte la prendre à témoin de la vérité de vos assertions ; et on doit naturellement penser, que si vous y avez fait justice d'un de ses membres, ce n'est qu'avec connaissance de cause, qu'après l'avoir bien lu et entendu, et que l'impartialité la plus rigoureuse a conduit votre plume. Les épithètes même trop honnêtes dont vous me gratifiez, et auxquelles, dans la circonstance, j'en aurais préféré de contraires, acheveront de persuader, que vous avez encore atténué l'absurdité de mes rêveries, et que votre censure a ménagé l'amitié. Le respect que je porte à l'Académie, le desir de lui paraître, au moins en cela, moins indigne de lui appartenir, m'impose le devoir de rétablir mon opinion telle que je la lui ai soumise, et de désabuser ceux de nos collègues qui ne la connaissent que par vous.

Vous dites, Monsieur, pag. 34 et 35 : « Je dois exprimer ici mon sentiment sur l'opinion que M. le Docteur « Rigollot a énoncée dans une dissertation qu'il a lue à » l'Académie...... *opinion consignée* dans le Recueil » imprimé des travaux de cette Compagnie....... En » contemplant les arbres de la science du bien et du » mal, figurés sur les deux pilastres du portail du milieu ; » le placement opposé des élus et des réprouvés ; les » coupes et les encensoirs, partie debout, partie renver- » sés, ainsi que quelques autres allégories ; M. Rigollot » s'est persuadé et a positivement affirmé que l'architecte » avait eu pour arrière-pensée le manichéisme. Selon

» lui, l'arbre de la science du bien, les coupes et les
» encensoirs debout indiqueraient le bon principe, tandis
» que l'arbre de la science du mal, les coupes et les en-
» censoirs renversés indiqueraient le mauvais principe.......
» Il m'est impossible d'adopter sa pensée. Je n'ai vu et
» n'ai pu voir dans ces allégories que ce que j'ai décrit.
» L'Écriture Sainte, bien antérieure au manichéisme,
» en a seule fourni l'idée et les détails à l'architecte.
» Comment d'ailleurs supposer que l'Évêque et le Clergé
» lui auraient permis de tracer une opinion solemnelle-
» ment proscrite par les Conciles ? Je sens bien qu'à
» toute rigueur, on pourrait rendre cette hérésie palpa-
» ble par ces différens emblêmes, et l'artiste qui en se-
» rait chargé ne ferait pas mal de les employer ; mais
» croire que l'architecte a eu cette intention primitive,
» c'est, à mon avis, forcer le sens et mal interpréter
« sa pensée. On est toujours plus près de la vérité,
» quand on se rapproche le plus du gros bon sens. L'es-
» prit a ses écarts, et l'érudition ses dangers ».

Ainsi, Monsieur, suivant vous, je me suis persuadé
et j'ai positivement affirmé, dans une dissertation lue à
l'Académie, ce qui est consigné dans le Recueil imprimé
de ses travaux, que l'architecte, en représentant le jugement dernier, avait eu pour arrière-pensée le manichéisme ; que l'arbre de la science du bien, les coupes
et les encensoirs debout indiquaient le bon principe,
tandis que l'arbre de la science du mal, les coupes et
les encensoirs renversés indiquaient le mauvais principe, etc.

... J'espère, Monsieur, qu'on ne trouvera rien, tran-
chons le mot, d'aussi bêtement imaginé dans mon Mémoire ; et j'interpellerais là-dessus, s'il en était besoin,

M. le Secrétaire perpétuel, qui en est dépositaire et qui peut le communiquer. Quant à la notice imprimée des travaux de cette Compagnie, elle est entre les mains du public qui peut en juger. Ces *encensoirs debout et renversés* sont de votre pure invention; car il n'en existe pas plus dans les mains de vos prétendus Séraphins, pag. 33, qui tapissent la voûte du porche, que dans les vôtres. Je n'ai donc pu en parler, encore moins en faire la base d'une explication. Quant aux *coupes debout et renversées*, je n'en ai de même pas dit un seul mot. Elles existent, il est vrai, non dans les mains de ces mêmes Séraphins, comme vous l'avez avancé, mais dans celles des figures sculptées sur les deux pilastres de la grande porte, où vous ne les avez pas même soupçonnées, puisque vous avez dit, page 30, qu'il était *difficile de reconnaître ces figures allégoriques, parce que les emblêmes sont disparus ou mutilés.*

J'ai parlé des deux arbres qui sont à leurs pieds, mais vous seul pouviez les appeler l'un l'*arbre de la science du bien*, l'autre l'*arbre de la science du mal*; car on ne connaît, avec l'auteur de la Genèse, qu'un seul arbre de la science du bien et du mal, *lignum scientiæ boni et mali;* arbre dont le fruit nous a été si fatal, et que vous auriez pu remarquer, représenté d'une manière toute différente sur le pilier qui sépare les deux battans de la porte latérale droite, que vous nommez portail de la Mère de Dieu.

Après cela vous ajoutez : Je sens bien qu'à toute rigueur, on pourrait rendre cette hérésie (le manichéisme) palpable par ces différens emblêmes, et l'artiste qui en serait chargé ne ferait pas mal de les employer. S'il en est ainsi, Monsieur, vous avez donc eu tort de qualifier de *vision* l'opinion que vous me prêtez, et de la regarder comme un écart dangereux. Mais non, Monsieur, je ne profiterai pas et je ne puis profiter de votre aveu. Je dis, au contraire, que l'artiste chargé de rendre cette hérésie palpable donnerait, en employant ces emblêmes, une grande preuve de son ignorance. En effet, le tableau qui nous occupe représente la résurrection des corps ou de la chair, et le mot seul de manichéisme repousse toute idée d'une pareille résurrection. Tout le système des manichéens a pour base que la matière a été créée par le mauvais principe ; qu'elle est mauvaise de sa nature, et que la chair est ce qu'il y a de plus mauvais dans la matière ; aussi rejettent-ils avec obstination la résurrection de la chair, fondés sur ces mots de St. Paul : *La chair ni le sang ne sauraient posséder le royaume de Dieu. Hoc autem dico, fratres, quia caro et sanguis regnum Dei possidere non possunt.* 1 Cor. c. 15. ℣. 50. Vous voyez donc que votre artiste aurait fort mal choisi ses emblêmes, et que j'aurais très-gauchement affirmé du *placement opposé des élus et des réprouvés*, qui sont là en chair et en os, que l'architecte avait eu pour arrière-pensée le manichéisme.

Mais venons à l'objet direct de cette Lettre. En considérant les animaux qui décorent les tombeaux des fondateurs de notre église, je m'étais rappelé les explications que quelques savans avaient données de ces sortes de figures. Celle de M. Lenoir, Conservateur du Muséum des monumens français, m'avait paru la mieux fondée, et j'avais cru en voir les preuves dans de pareilles figures évidemment allégoriques qui accompagnent en grand nombre le tableau du jugement dernier, placé sur la principale porte d'entrée. J'en fis, il y a deux

ans, l'objet d'un Mémoire. Après un détail assez étendu
sur ces figures ; après avoir produit plusieurs monumens
analogues, et cité des autorités respectables, j'avais dit
qu'il me paraissait évident que notre Basilique portait
sur ses murs plusieurs symboles des religions anciennes,
qui avaient pour objet le culte des astres ; que pour
figurer la résurrection, le passage de la mort à la vie,
des ténèbres à la lumière, le sculpteur avait emprunté
des Perses, des Égyptiens, des Sabéens enfin, les emblêmes de la lumière, de la vie, du bon principe et
ceux des ténèbres, de la mort, du mauvais principe,
ceux du passage de l'un à l'autre, et du triomphe de
l'un sur l'autre. J'ajoutais que nous cesserions de nous
étonner de trouver sur les temples du *vrai Dieu*, sur les
tombeaux des chrétiens, tant d'ornemens profanes, tant
de signes du paganisme, tant de symboles du culte solaire, lorsque nous nous rappelerions les rapports qu'ont
nos principales fêtes avec celles du soleil, etc. ; que dans
le douzième siècle différentes hérésies, que l'on regar-
dait comme autant de rejettons du manichéisme, secte
intermédiaire entre la religion des Perses adorateurs des
astres, et celle des Chrétiens, infectaient la France, et
devaient, en y fomentant leurs erreurs, en populariser
en quelque sorte les emblêmes ; que les progrès de ces
hérésies étaient devenus si alarmans lors de la construction de notre édifice, que Gaudefroy, dont la tombe
m'occupait, avait assisté lui-même au Concile convoqué
pour y apporter remède ; qu'on ne se bornait pas, dans
ces tems d'ignorance et de la superstition la plus gros-
sière, où, comme le dit le Président Henaut, *les Chrétiens étaient devenus des espèces d'idolâtres* qui hono-
raient le vrai Dieu comme on honorait autrefois les fausses

divinités ; qu'on ne se bornait pas, dis-je, dans ce *bon tems*, à tracer sur les murs extérieurs des temples chrétiens, des emblêmes du paganisme, mais que, dans leur enceinte sacrée, à l'exemple des Payens et aux époques qu'ils avaient jadis consacrées à leurs fêtes, on se livrait à des divertissemens profanes (1) ; que non-seulement les laïcs, mais les Prêtres, les Évêques mêmes s'y montraient déguisés en femmes et couverts de masques et de figures monstrueuses, et j'avais cité mes preuves. Enfin, après avoir cherché à démontrer que le lion et le serpent étaient, chez les Payens, les symboles de la lumière et des ténèbres, de la vie et de la mort ; que par leur placement et leur arrangement symétriques, leurs liaisons avec d'autres emblêmes analogues, ils devenaient sur nos murs les mêmes symboles, j'avais conclu que ces animaux placés sur les deux tombeaux de nos Évêques, étaient des emblêmes de leur triomphe et de leur résurrection. Voilà en substance ce que j'ai dit et voulu dire.

---

(1) « A la fête du St. Sacrement, on portait deux figures de
» bêtes affreuses qu'on nommait *papoires*. Ces *papoires* étaient
» des serpens. Les Chrétiens d'alors avaient emprunté cette cou-
» tume, comme tant d'autres, des Payens. Les confrères du saint
» Sacrement se métamorphosaient souvent en acteurs...... On joua
» les travaux d'Hercule en 1568 ». (Rivoire, *Description de la Cathédrale d'Amiens*, pag. 211 et 212.

Si les confrères du St. Sacrement jouaient, au milieu du seizième siècle, les travaux d'Hercule, de l'agrément de l'Évêque et du Clergé, un architecte, dans la même ville, a bien pu, au commencement du treizième, tracer ces mêmes travaux sur les murs de son bâtiment, avec l'agrément de l'Évêque et du Clergé. Tout le monde sait que les douze travaux d'Hercule ne sont que l'allégorie de la course du soleil dans les douze signes du zodiaque.

Il paraît, Monsieur, que ces idées vous ont déplu, et pour les détruire, vous nous donnez une description du portail où il y a presqu'autant d'erreurs que de phrases, et vous la terminez en prononçant que « l'Écriture Sainte, » bien antérieure au manichéisme (1), en a seule fourni » l'idée et les détails à l'architecte ; que le tableau re- » présente le jugement dernier ou la séparation des bons » et des méchans , telle qu'elle est indiquée dans les » Livres saints ; que cet architecte a tellement médité » le texte sacré , qu'il n'a omis aucun des signes qui le » caractérisent ».

Reprenons donc la description de ce tableau et des figures qui s'y rapportent, et voyons-les, non tels que votre imagination les a enfantés , mais tels qu'ils sont réellement , tels que tout spectateur les verra ; car , comme vous l'avez dit , ce portail reste debout, mais pour confondre celui qui le défigurera par ses infidéli- tés (2).

---

(1) De quelle Écriture Sainte parlez-vous ? Est-ce de l'ancien Testament ? il n'y est pas question du jugement dernier. Est-ce du nouveau ? l'erreur sur les deux principes, que Manès avait apportée de la Perse où il est né, remonte à plus de six siècles avant ces Livres sacrés ; elle est même bien plus ancienne, si nous en croyons quelques historiens.

(2) On vous reprochera, Monsieur, non pas seulement d'avoir traité trop légèrement, mais d'avoir falsifié un des monumens les plus précieux du treizième siècle. Altérer les monumens, c'est en quelque sorte porter faux témoignage en histoire ; car ils en sont le supplément, ou plutôt ils sont une histoire vivante souvent plus fidèle que celle écrite. Votre Description ne sera pas dangereuse dans l'enceinte de nos murs, où elle ne sera regardée que comme un roman. Mais l'assurance avec laquelle vous produisez vos asser-

La principale porte d'entrée se trouve sous un porche qui, dans ses développemens tant supérieurs que latéraux, prend une forme ovoïde. Le pilastre qui sépare les deux battans de cette porte, supporte la statue du Dieu Sauveur dans l'attitude de bénir. Son pied droit pose sur un lion, le gauche sur un dragon à queue de serpent, dont le corps paraît renfermé dans l'écaille d'une tortue.

La plinthe qui porte la statue est ornée antérieurement d'un cep de vigne, garni de pampres et de raisins qui ne *sont point enlacés dans les replis d'un serpent qui est en face* (page 29), car il n'y en a pas. Sur le côté droit de cette plinthe, au-dessous du lion, est un coq; à gauche est un animal amphibie, moitié quadrupède, moitié poisson, et non pas un *chien*.

Au-dessous du Sauveur, une statue couronnée tient d'une main, pour sceptre, un thyrse surmonté d'une pomme de pin; de l'autre, un rouleau tel qu'en portent un très-grand nombre d'autres figures de ce portail, et non un *lambel*. Sur le côté droit de la statue, au-dessous du coq, est représenté dans un vase, non *le lys*, mais

tions, portera l'erreur chez l'étranger, et les connaissances qu'une Description exacte leur aurait pu donner sur l'esprit, la croyance et les mœurs du tems, seront perdues pour lui. Ainsi, Monsieur, traçons scrupuleusement les objets tels qu'ils se présentent, surtout quand nous annonçons une Description complète; voilà notre premier devoir, notre devoir essentiel. Quant aux explications, le public rira et des vôtres et des miennes, et les gens éclairés sauront les apprécier et en faire justice. Pour les miennes, je les leur abandonne pour ce qu'elles valent, et j'en recevrai la réfutation avec reconnaissance, quand elle sera plus juste, plus exacte et mieux raisonnée que la vôtre.

le lotus des Égyptiens. De l'autre côté est, également
dans un vase, un rosier bien reconnaissable à ses feuilles
et à ses fleurs, et non pas le *lierre*, qui ne lui ressemble
en rien.

Sur les deux pilastres qui servent d'encadrement aux
portes sont sculptées, de chaque côté, cinq figures
allégoriques qu'il est encore *facile* de reconnaître, parce
que les *emblêmes* ne *sont* pas tous *disparus ou mutilés*.
La première en bas, à droite (ou à gauche du spectateur), tient un vase à la main, dont l'embouchure est
dirigée vers le haut ; les quatre autres figures placées
les unes au-dessus des autres, ont les mains mutilées ;
mais leurs avant-bras ont la même position que dans la
première. Au bas de ces figures est un arbre orné de ses
feuilles, et qui porte deux lampes suspendues à ses
branches.

De l'autre côté se remarquent cinq figures pareilles,
qui tiennent presque toutes des vases, mais dans une position renversée. Du vase le plus élevé sortent des flammes qui se dirigent vers le bas. La quatrième figure en
descendant, a son vase entièrement mutilé ; mais on apperçoit encore, au-dessous de l'endroit qu'il occupait,
quelques flammes qui courent sur les vêtemens, dans la
même direction que les premières. Au pied de ces figures
est aussi un arbre, mais dépouillé de ses feuilles, et l'on
observe les restes d'une barre qui traversait obliquement
son tronc.

La porte est immédiatement surmontée du tableau de
la résurrection. Au milieu de sa partie inférieure est un
Ange avec un agneau qu'il paraissait tenir suspendu.
Vers le pied droit de cet Ange, on distingue le bas des
vêtemens d'une petite statue dont le reste est entière-

ment mutilé. Vers le pied gauche est un petit diable nud. Des deux côtés, les morts sortent nuds de leurs tombeaux entre quatre Anges qui sonnent de la trompette. On n'y voit ni *squelettes*, ni *balances*.

Au-dessus est la séparation des bons et des méchans. Les premiers, vêtus de robes, se dirigent vers le paradis qui est à l'extrémité de ce plan. Trois Anges sont placés à son entrée pour les recevoir. Le plus élevé pose une couronne sur la tête du premier des élus qui se présente; un autre tient un encensoir; le troisième, qui est tout au bas, porte un cierge sur son chandelier. Ces trois dernières figures étant d'une plus petite proportion que les autres, ne sont bien distinguées qu'à l'aide d'une lunette.

On n'apperçoit avec ces élus ni Ange *à figure radieuse*, ni *St. Bernard*, ni *St. Pierre*, que la tradition représente toujours avec une tête chauve sur le devant, et des clefs à la main, qui cependant devrait se trouver là comme portier.

Un démon pousse du côté opposé plusieurs figures nues, dont l'une porte une bourse suspendue à son cou; une autre tient une crosse à la main, etc. Elles sont saisies par un autre démon qui sort de la gueule d'un énorme dragon, qui s'ouvre pour les engloutir. Le massif qui supporte ces figures est orné, du côté des élus, de feuilles de vignes et de raisins; il m'a été impossible de distinguer les feuilles sculptées sous les piéds des réprouvés.

Le massif qui sépare ce plan du supérieur, est formé par des Anges qui tiennent des couronnes sur la tête des élus d'un côté, et des épées flamboyantes de l'autre, dont ils chassent les réprouvés. Ces premiers Anges n'exécutant nullement *des morceaux de symphonie*. On ne leur voit ni instrumens de musique, ni papiers.

Plus haut paraît assis sur son trône le Fils de l'Homme, ayant à ses pieds deux figures agenouillées et suppliantes. Celle à sa droite, sans barbe, est vêtue de longs habits de femme, porte sur sa tête un voile et une couronne, et paraît être, non pas *un Prince*, mais la Reine du ciel qui intercède aux genoux de son fils. Derrière elle sont deux Anges, le premier, debout, tient le signe du Fils de l'Homme, l'autre est à genoux, les mains jointes. A la gauche, la figure agenouillée porte sur sa robe un vêtement qui ressemble à la chappe des anciens Chanoines, et du reste n'a rien de distinctif. Derrière elle, un Ange debout tient les clous de la Passion; enfin un autre Ange est dans l'attitude de celui qui lui correspond.

Le sommet du tableau offre l'Éternel. A ses pieds sont agenouillés deux Anges. Celui de la droite tient et semble présenter aux regards du spectateur, un soleil rayonnant et flamboyant; l'autre tient de la même manière la lune dans son croissant. Ce plan est composé de ces seules figures. On n'y voit ni *Anges Gardiens*, ni *Saints Patrons*, etc.

Toute la voûte du porche est tapissée de différentes figures dans lesquelles personne, Monsieur, ne reconnaîtra avec vous les *Chérubins*, les *Séraphins*, les *trônes* et les *dominations du ciel*, et dont aucune ne porte ni la *flûte* à sept tuyaux du Dieu *Pan*, ni ces fameuses *coupes* et *encensoirs renversés* à l'occasion desquels vous me prêtez de si belles choses.

Mais ces figures nombreuses étant étrangères à l'objet de notre discussion, je ne m'y appesantirai pas. J'observerai seulement que la plupart me paraissent avoir un

grand rapport avec quelques passages de l'Apocalypse.
Il y est fait mention d'un trône devant lequel les morts,
grands et petits, comparaîtront et seront jugés ; qui sera
entouré de vingt-quatre vieillards, Prêtres et Rois, avec
des couronnes d'or, assis sur des trônes, tenant des harpes
et des phioles d'or remplies de parfums, qui sont les
prières des Saints. Il y est parlé d'une multitude de nations et de tribus avec de longues robes, tenant des pal-
mes dans leurs mains, et de tous les Anges qui, avec
eux, entoureront le trône de l'Agneau. Il y est question
d'un cavalier armé d'une grande épée, qui aura le pou-
voir d'ôter la paix et d'autoriser le meurtre sur la terre,
et d'un autre cavalier portant une balance, etc. On y
remarque toutes ces figures rangées par ordre. Celle du
cavalier à grande épée porte en croupe une figure, du
ventre de laquelle on voit sortir les entrailles. Il en est
d'autres qui représentent la luxure, l'avarice, la sodo-
mie, la chaudière de l'enfer, etc. Plusieurs enfin qui ne
paraissent pas, Monsieur, avoir fixé vos regards, me
semblent, par leur singularité, mériter une attention que
vous aviez contracté l'obligation de leur accorder, en
promettant à vos souscripteurs une Description complette du monument dont elles font partie ; attention
que vous avez accordée à des objets, selon moi, moins
piquans pour la curiosité, tels que vos *jolis* confession-
naux, dont la forme ne peut intéresser que la plus petite
partie de vos lecteurs.

Le sommet de ce superbe ogive est dominé extérieu-
rement par un guerrier armé et cuirassé, qui foulé et
terrasse un dragon. A ses côtés et beaucoup plus bas,
à quelque distance au-dessous des noques qui reçoivent
les eaux des petits toits des trois porches qui forment la

bâse du portail, se remarquent les débris de six animaux
ailés, dont l'un est encore entier et présente un aigle.

Telle est, Monsieur, non pas la Description complette,
mais au moins l'indication exacte des principales figures
de cette partie du portail, dont plusieurs sont évidemment allégoriques. Vous avez dit, page 4, que ce portail était une énigme pour les yeux qui la contemplaient,
et que l'*âme*, dans cette circonstance, était embarrassée,
comme quand on lui présente un poëme obscur. Vous
n'avez cependant point paru embarrassé dans vos explications ; mais nous avez-vous donné le vrai mot de toute
l'énigme ? C'est ce qui nous reste à examiner.

Et d'abord l'architecte, dans la composition de son tableau du jugement dernier, n'a-t-il omis aucun des signes
qui le caractérisent ? s'est-il rigoureusement conformé
au texte sacré ? ce texte seul lui en a-t-il fourni l'idée
et les détails, ainsi que vous le prétendez ? Je ne le pense
pas.

Le texte sacré dit que, dans ce grand événement, le
soleil s'obscurcira, (*sol obscurabitur*, Math.; *contene-
brabitur*, Marc) ; que la lune ne donnera pas de lumière,
(*luna non dabit lumen suum*) ; que les étoiles tombe-
ront du ciel, etc. Notre sculpteur, au contraire, a représenté un soleil bien rayonnant, bien flamboyant, une
lune dont le croissant donne quelque lumière. Ces deux
astres, portés respectueusement par deux Anges, sont
dominés immédiatement par l'Éternel, qui ne doit point
paraître dans cette scène. On ne voit point d'étoiles tom-
bées ; j'avoue que, suivant les lumières de notre faible
raison, il eût été difficile de leur donner place dans ce
tableau, si elles sont réellement aussi grosses que le prétendent nos astronomes, mais un architecte qui aurait

eu un peu de foi en eût représenté quelques petites,
pour n'*omettre aucun des signes.* Il y fait assister, selon vous, comme témoins, des Rois, des Moines,
des Saints patrons, lesquels ne peuvent y figurer que
comme acteurs. Il place au milieu des ressuscitans, le
signe de l'agneau (que vous avez pris pour une balance);
et plus haut, un grand dragon qui engloutit les réprouvés. Vous conviendrez que dans tout cela, il s'est un
peu écarté du texte. Quant au lion, au dragon, au coq,
au chien, à la vigne qui accompagnent comme acces-
soires cet événement, vous en avez fait tout simplement
des symboles de la fidélité, de la vigilance, de la prudence et de l'abondance. Singuliers symboles, dans un
pareil sujet ! Reprenons le détail de ces différentes
figures.

On sait que la plus ancienne, comme la plus répan-
due de toutes les idolatries, est le sabéisme, qui subsiste encore chez divers peuples. Les premiers hommes
qui perdirent les lumières de la révélation, voyant ce
monde rempli de biens et de maux, et ne pouvant con-
cilier ce mélange avec l'idée d'un auteur essentiellement
bon et tout-puissant, inventèrent deux divinités ou principes égaux en puissance, se combattant sans cesse,
dont l'un fut l'auteur du bien, et l'autre celui du mal.
Mais l'idée d'êtres purement spirituels et invisibles s'étant
effacée de leurs cœurs corrompus et charnels, il fallut
chercher ces divinités dans des êtres sensibles; et comme
rien ne dut frapper plus vivement leurs regards que la
vue des astres; que d'ailleurs la régularité de leurs mou-
vemens et de celui des sphères célestes leur donnait
toutes les apparences de la vie et de l'intelligence, leur
choix fut bientôt fait. Celui qui, par le vif éclat de sa

lumière, les efface tous, et qui, par sa chaleur, anime
et féconde la nature toute entière, eut leur premier
hommage, et fut pour eux le bon principe, celui de la
vie, de la lumière et du bien. Les constellations qui,
dans leur révolution, nous ramènent les frimats avec les
longues nuits, furent pour eux le mauvais principe, celui
de la mort, des ténèbres et du mal. Ces deux divinités
prirent différens noms, différentes formes chez les différens peuples. La succession des saisons qui ramènent tantôt les charmes du printems, tantôt les rigueurs de l'hiver, était pour eux l'événement des combats que ces deux
divinités ennemies se livraient sans cesse, et donna lieu
à leurs théogonies, à leurs fables sacrées, à leurs fêtes
purement astronomiques. Voyons si nous n'en retrouve-
rons pas quelques traces sur notre monument.

Et d'abord on remarque sur les murs du petit porche
voisin, du côté du nord, les signes du zodiaque avec
ceux de l'accroissement et de la dégradation de la lumière ; zodiaque sculpté sur les murs des temples anciens
consacrés au culte des astres. Sur les murs de l'autre
petit porche est représenté le voyage des Mages conduits
par l'étoile, avec des détails et des circonstances qu'on
ne trouve point dans nos Livres sacrés, et qui supposent
dans l'architecte des connaissances qui nous manquent
sur ces sages Indiens, très-versés dans la connaissance
des astres. Ce zodiaque, ces tableaux doivent nous faire
soupçonner dans l'artiste qui les a tracés, un goût mar-
qué pour l'astronomie ; et si nous retrouvons plusieurs
figures qu'il en ait empruntées, nous devons croire qu'il
en connaissait la signification.

Le grand tableau dont nous nous occupons, Monsieur, représente la résurrection générale ou le passage

de

de la mort à la vie, des ténèbres à la lumière, et le triomphe de celle-ci. Si les Sabéens étaient chargés de représenter ce grand événement, quels signes, quels symboles emploieraient-ils ? Sans doute ils placeraient, d'un côté, tous les emblèmes du bon principe et de la lumière, et de l'autre, ceux du mauvais principe et des ténèbres; au milieu, le signe astronomique du passage de l'un à l'autre ; enfin la figure de l'Ange de lumière triomphant de celui des ténèbres : c'est précisément ec qu'a fait notre sculpteur, il a ajouté tous ces mêmes signes et dans la même ordre à la représentstion de la résurrection générale des chrétiens.

Avant d'examiner en détail chacune de ces figures, rappelons-nous quel était sur ce point important la doctrine des Perses. Personne n'a poussé ses recherches et ses travaux sur leur religion aussi loin que M. Anquetil du Perron. Suivant lui, les Mages, antérieurs au second Zoroastre, étaient dualistes en toute rigueur, admettaient deux principes co-éternels et indépendans, l'un essentiellement bon, l'autre essentiellement mauvais. Mais ce législateur réforma ce dogme absurde, et introduisit la croyance d'un Dieu supérieur, principe de ces deux rivaux qui devaient combattre pendant un tems déterminé, à l'un desquels il devait adjuger la victoire, suivant qu'il l'aurait méritée par sa constance et ses combats. La résurrection des corps, époque du vrai triomphe d'Ormutz ou Oromaze, leur bon génie, était un des articles les plus essentiels de leur croyance. En ce grand jour, le génie de la droiture sur son tribunal eutre la terre et le ciel, ayant au-dessous de lui le goufre de l'enfer, d'un côté le séjour de lumière, de l'autre celui des malheurs, pèse les actions. L'éclatant soleil ou Mithra

B

paraît en haut, etc.; une figure dont l'éclat et la pureté éblouissent, emmène l'ame dont les bonnes œuvres l'emportent sur les péchés, au milieu des plaisirs des esprits célestes, tandis qu'une figure hideuse et qui fait horreur entraîne l'ame du méchant dans le douzakh, où ils sont reçus par les damnés et par Ahriman ou mauvais principe. Tel est le systéme des Perses, qui remonte à plus de vingt-trois siècles.

Reprenons maintenant les figures de notre tableau, et d'abord celles qui occupent le milieu dans sa longueur. Tout au haut nous avons remarqué un guerrier armé et cuirassé, qui écrase un dragon. Les Chrétiens y voient leur belliqueux St. Michel (1), vainqueur du Prince des ténèbres. Cet Archange, ainsi que le rapporte, sur l'autorité d'Origène, M. Dupuis, dans son grand ouvrage sur l'origine des Cultes, était peint avec une tête de

_____

(1) En parlant de St. Michel, vous dites, page 41 : « M. Rigol- » lot a vu dans cette statue, l'emblème du bon principe qui triom- » phe du mauvais; sa conséquence est juste ». Cela, Monsieur, en terme de grammaire ou de logique, ne s'appelle point une consé- quence : ce serait plutôt une assertion, et vous ne pourriez la trouver juste; car la religion chrétienne n'admet qu'un seul prin- cipe créateur de toutes choses : admettre un bon et un mauvais principe, c'est partager l'hérésie des Perses anciens et modernes, renouvellée et adoptée par les Manichéens. Je n'ai point dit dans mon Mémoire, que cette statue fût l'emblème du bon principe qui triomphe du mauvais. Je me suis contenté de demander si elle était le Persée des Indiens, l'Hercule des Grecs, le chef et le conduc- teur des six constellations ou animaux ailés, placés plus bas, etc. ou le St. Michel des Chrétiens; et en bon Chrétien, si j'eusse fait la réponse, je l'aurais proclamée St. Michel terrassant le Prince des ténèbres.

lion, l'un des symboles du soleil, comme je le dirai plus bas. Le Père Kirker nous apprend qu'on l'appelait Soleil ou esprit du Soleil, *Sol seu Michael, spiritus solis Michael.* Les Grecs auraient reconnu, dans cette figure, leur Hercule que les sphères nous représentent foulant aux pieds le dragon, autre emblême du soleil victorieux. Enfin les Perses ne représenteraient pas autrement leur Dieu-Soleil Persée ou Mithra, armé et frappant les mauvais génies, compagnons d'Ahriman ; pour tous, en un mot, il est l'expression la plus fidèle du triomphe de la lumière sur les ténèbres.

Si nous passons sous le porche, la première figure qui se présente, au sommet de l'ogive, est l'Éternel, aux pieds duquel deux Anges tiennent, l'un un soleil flamboyant, l'autre une lune non totalement éteinte. J'ai déjà remarqué que ce groupe ainsi formé ne s'accordait point avec le récit que les Livres saints nous font de ce grand jour. Mais les Perses pourraient y reconnaître, et leur Dieu Éternel, auteur des deux principes secondaires, lumineux et ténébreux, qu'il domine, et l'éclatant soleil Mithra, qui doit paraître au haut de cette scène.

Vers le bas du tableau, au milieu des morts qui sortent de leurs tombes, est placé en évidence le bélier céleste, que les Perses appellent toujours l'agneau, soutenu par un Ange, ainsi que le sont le soleil et la lune. Le sculpteur qui paraît avoir emprunté plusieurs de ses figures de l'Apocalypse, s'est ici écarté de l'esprit de ce Livre divin. Au lieu de placer l'agneau sur le trône ou dans la région qu'il occupe, il l'a mis beaucoup plus bas, au milieu des tombeaux, sur le lieu même où s'opère immédiatement le passage des ténèbres à la lumière. Il est donc ici le signe de ce passage, comme il est sur les sphères le signe équinoxial du printems, du passage des longues nuits de l'hiver aux longs jours de l'été. Il est enfin le signe du soleil retournant vers les régions supérieures du ciel ; signe sous lequel on célébrait son triomphe , sa résur- rection , comme nous célébrons le triomphe , la résur- rection de l'agneau pascal, du soleil de justice à la même époque. Et le sculpteur, pour ne point laisser d'équivoque sur son intention , a figuré , au pied gauche de l'Ange de l'agneau , un petit Ange des ténèbres , un petit démon nud. Vers le pied droit sont les restes d'une figure mu- tilée ; mais sa robe , dont on apperçoit encore l'extré- mité inférieure, fait présumer qu'elle présentait un Ange de lumière qui contrastait avec l'autre ; car chaque côté du tableau présente des objets absolument opposés. Que peuvent signifier là ces deux Anges, l'un des ténèbres, l'autre de lumière , au milieu desquels est immédiate- ment l'embléme astronomique du passage de l'un à l'au- tre , si ce n'est ce passage lui-même ?

Au-dessous du tableau, le Dieu Sauveur pose les pieds sur les deux animaux symboliques de la lumière et des ténèbres , comme je le dirai bientôt.

La plinthe qui le supporte , est ornée antérieurement d'un cep de vigne garni de ses feuilles et de son fruit. Personne n'ignore que la vigne était essentiellement con- sacrée au Dieu Bacchus-Sauveur, fils de la Vierge cé- leste des sphères , nommée Cérès par les uns, Isis par les autres, etc.

La figure qui est au-dessous, et qui est couronnée, tient, comme vous le reconnaissez vous-même, Mon- sieur , au lieu de sceptre, un thyrse surmonté d'une pomme de pin. Ce thyrse qui se lie avec le cep de vigne, était un autre attribut de Dionysius ou Bacchus,

Dieu-Soleil, qui avait ses temples, ses fêtes, ses mystères, comme Dieu de la lumière. Pourquoi, de tous les
Rois représentés sur le portail, celui-ci seul tient-il un
thyrse pour sceptre ? Les autres figures qui nous restent
à examiner nous l'apprendront.

Du côté droit du Juge suprême, ou du côté du paradis, séjour de lumière, des élus ou des enfans de lumière, nous avons déjà remarqué tout au haut l'astre
de la lumière, le soleil dans tout son éclat. Le massif
qui supporte les élus a pour ornemens des branches de
vigne avec ses raisins, ornemens qu'on ne remarque
point sous les pieds des réprouvés. Du côté gauche ou
de l'enfer, séjour des ténèbres, des réprouvés leurs enfans, est l'astre de la nuit, ne réfléchissant qu'une faible
lumière. Le soleil et cette lune sont représentés de cette
même manière sur les monumens mithriatiques dont je
vais parler, et ne demandent point d'explication.

Les bouches de l'enfer sont ici représentées par la
gueule ouverte du dragon ou serpent, qui, suivant les
idées mystiques des anciens, dévoraient et précipitaient
de nouveau les ames qui se présentaient pour se réunir
à leur principe, mais qui n'étaient pas assez épurées pour
entrer dans le séjour lumineux du Seigneur.

Sur le pilastre du côté opposé, qui sert d'encadrement à la porte, sont les six mois de lumière, dont cinq
sont représentés par des figures qui tiennent des vases
d'où s'élèvent des flammes. Il est vrai qu'il n'existe plus
qu'un seul de ces vases; mais les bras des autres figures
dont les mains sont mutilées, offrent la même position,
et les figures du côté opposé, ayant toutes leurs vases
renversés, on doit en conclure que ceux qui nous manquent, étaient dans une situation contraire. On remarque

les mêmes figures sur le portail de la Cathédrale de
Paris (1). Cinq d'un côté ont leurs coupes droites ; les
cinq de l'autre, les ont renversées. Le sixième, ou plutôt
le premier mois de lumière, est figuré au-dessous, d'une
toute autre manière, mais non moins expressive. C'est
un arbre orné de ses feuilles (2), avec deux lampes suspendues à ses branches : il désigne évidemment le mois
de l'équinoxe du printems, où la lumière commence à

(1) Relativement à l'égalité des tours qui surmontent le portail
de cette métropole, vous vous exprimez ainsi, page 42 : « Je dirai,
» en passant, à ceux qui sont étonnés de voir deux tours d'une gran-
» deur inégale, que les Églises *métropoles avaient seules le droit*
» *de les avoir de niveau*. Cette différence est en quelque sorte un
» signe extérieur de vassalité de la part d'un Évêque Suffragant en-
» vers son Métropolitain. Ceux qui connaissent la Cathédrale de
» Paris ou celle de Rheims, savent que les deux tours sont égales
» en hauteur ». Je vous observerai aussi, en passant, Monsieur,
que la construction des tours de la Cathédrale de Paris est antérieure à l'érection de cette église en Archevêché ; que dans le dix-
septième siècle, elle était encore suffragante de l'Archevêché de
Sens, et qu'ainsi votre preuve pouvait être mieux choisie, si
toutefois vous pouviez en donner ; car plusieurs églises métropo-
litaines en France ont des tours inégales, tandis que d'autres églises
simples épiscopales les ont égales en hauteur. Il paraît que la tour
la plus basse de la nôtre n'a point été terminée, puisqu'elle n'est
pas couronnée, comme l'autre, par une balustrade : elle a cela de
commun avec beaucoup d'autres édifices importans qui sont restés
imparfaits.

(2) En parlant, page 50, de ces deux arbres, que vous appelez
l'arbre de la science du bien et l'arbre de la science du mal, vous
dites qu'ils harmonisent avec l'*allégorie* du jugement dernier. Est-
ce que le jugement dernier ne serait qu'une allégorie, ou bien le
tableau qui le représente si fidèlement n'est-il qu'une allégorie ?
Fiat lux.

prendre l'empire sur les ténèbres; il donne déjà des signes de vigueur et d'une végétation avancée, il est couvert de ses feuilles.

De l'autre côté sont les six mois d'hiver ou de ténèbres. Les cinq figures ont leurs vases renversés, et leurs flammes se dirigent en bas. L'arbre qui représente le mois de l'équinoxe d'automne est déjà dépouillé de ses feuilles, et annonce l'hiver qui s'approche. On apperçoit encore les traces du flambeau qui traversait obliquement son tronc, et dont la flamme devait se diriger vers la terre et s'éteindre, comme celle des lampes de l'autre arbre se dirige vers le ciel.

Sur un grand nombre de monumens mithriatiques, qui représentent le soleil équinoxial vainqueur des ténèbres, car les Perses avaient assigné à leur Dieu Mithra une place près des limites équinoxiales du printems, on apperçoit également deux arbres à l'un desquels est attaché obliquement un flambeau dont la flamme se dirige vers le ciel, tandis que l'autre porte un flambeau renversé et qui s'éteint. A quelques-uns de ces mêmes arbres sont encore attachés, savoir, à celui dont le flambeau s'élève, une tête de bœuf ou de taureau; à l'autre est un scorpion; et ces deux signes célestes, qui anciennement étaient ceux des équinoxes du printems et de l'automne, répondent encore l'un et l'autre aujourd'hui à ces deux saisons. Enfin dans quelques-uns de ces monumens, l'arbre au flambeau renversé n'est pas dépouillé, comme le nôtre, de ses feuilles, et conserve encore ses fruits. Ces fruits, ces pommes, comme celles de l'arbre de la science du bien et du mal, nous amènent avec elles le mal physique, les courts jours, les frimats et en quelque sorte la mort de la nature; elles sont donc, dans ces arbres, un nouveau caractère qui confirme l'explication qu'on en a donnée.

Les figures qui ornent le pilastre du milieu sont toutes tracées d'après les mêmes idées astronomiques. Sous le pied droit du Sauveur est le lion zodiacal, le lion céleste, symbole du soleil, lorsqu'il est dans toute sa force; il est le signe de son domicile dans sa plus haute exaltation, celui enfin du solstice d'été; et les Perses célébraient sa fête sous le nom de la fête du lion. On le retrouve encore dans presque tous les mêmes monumens mithriatiques. Je ne répéterai point tout ce que j'en ai dit dans mon Mémoire (1); ici, comme pour tout le reste, j'abrège autant qu'il m'est possible.

Sous le pied gauche est le serpent. Les Perses, qui nomment leur mauvais principe Ahriman ou Satan, disent qu'il sauta sur la terre sous la forme du serpent. C'est au lever de la constellation du serpent, au moment de la retraite du soleil, à l'équinoxe d'automne enfin,

_____

(1) Comme vous auriez, Monsieur, trop de répugnance à vous y reporter, voici les sources où j'ai puisé ce que j'y ai dit : les Mémoires de l'Académie des Inscriptions; l'OEdipe, du Père Kirker; le Traité du Manichéisme, de Beausobre; l'ouvrage de Hyde, sur la religion des Perses; l'Antiquité expliquée, de dom Montfaucon; la Religion des Gaulois, de dom Martin; le Recueil des Antiquités, de Caylus; l'Antiquité dévoilée, de Boulanger; le Monde Primitif, de Court de Gébelin; le Zend Avesta, d'Anquetil; la description des Monumens Français, de M. Lenoir; l'Origine de tous les Cultes, de M. Dupuis, qui peut vous dispenser de lire tous les autres, etc. quoique je pense qu'ils soient tous bons à consulter pour quiconque veut donner une bonne description des monumens religieux un peu anciens.

dans la saison des pommes , qu'ils fixent l'introduction du mal dans ce monde. Court de Gébelin observe que le mois de septembre portait, chez les Égyptiens , un nom qui veut dire serpent, et que, chez les Hébreux, ce nom signifiait les dragons ; et on sait que c'est dans le mois de septembre que tombe l'équinoxe d'automne. Aussi le serpent était-il un des emblêmes le plus fameux des religions anciennes; il fournissait aux Égyptiens les attributs de leur Dieu Typhon, ennemi du grand Osiris Dieu-lumière. Il est encore chez plusieurs des nations modernes , comme chez les anciennes, le symbole du mauvais principe, auteur du mal , des ténèbres et de la mort. On le retrouve sur presque tous les monumens mithriatiques aux pieds du taureau. Celui de notre portail a le corps renfermé dans une écaille de tortue. Le Père Kirker nous apprend que les Brachmanes avaient fait naître le serpent de la tortue, fable qu'ils avaient empruntée de l'Astronomie , comme toutes leurs autres.

Il résulte de tout ceci, qu'on peut regarder ces deux animaux comme les symboles de la lumière et des ténèbres , que le Sauveur foule comme maître de la vie et de la mort, ou comme créateur et supérieur du bon et du mauvais principe, dont ils sont encore les emblêmes.

A droite, sous le lion , est représenté le coq. Il est un des animaux célestes qui accompagne ordinairement Mithra. Tantôt on le remarque entier sur ses monumens, tantôt sa tête termine le manche du poignard dont le Dieu est armé, tantôt enfin il forme la tête du serpent qui s'y trouve, et rien n'est plus commun dans les Abraxas, que le serpent à tête de coq, comme on voit sur d'autres monumens un dragon à tête de lion. Cet oiseau, suivant les Perses, après sérosch, était le gardien du monde. Il accompagnait Mercure, inventeur de l'Astronomie; Mercure confondu avec le soleil qui, sous son nom, eut aussi ses adorateurs. Enfin c'est lui qui annonce le lever de cet astre, sa sortie du sein des ténèbres, et le retour de la lumière sur notre horison. A tous ces titres, il n'est donc point déplacé parmi ses symboles.

De l'autre côté est un animal amphibie, moitié quadrupède, moitié poisson. Il ne lui manque que des cornes sur la tête et des pattes de bélier, pour être le capricorne tel qu'il est représenté sur les sphères et sur le zodiaque (1), tracé sous le porche voisin. Mais sa tête ressemble plus à celle d'un chien. Quoi qu'il en soit, cette figure est évidemment astronomique, et paraît être le chien céleste, qui a pris la forme du capricorne qu'il domine. Et en effet, le planisphère de Kirker présente Anubis à tête de chien, uni au capricorne qu'il préside, et cette réunion du chien au capricorne y devient le sym-

_____

(1) En décrivant ce zodiaque, vous dites à l'article du verseau, p. 37 : *Janus servi à table*, ou *le gâteau des Rois, premier repas de famille dans l'année qui commence*. Vous oubliez donc, Monsieur, qu'à l'époque où ce zodiaque a été sculpté, l'année commençait le samedi saint après vêpres ! et vous-même vous nous appreniez, page 196, que son commencement chez nous ne fut fixé au premier janvier qu'en 1566. Si vous voulez remonter au tems où Janus ouvrait l'année, il n'y était question ni des Rois, ni de leur gâteau.

Vous parlez ailleurs, page 126, d'un autre zodiaque avec *ses douze cercles*, dans chacun desquels il y avait des vers latins en l'honneur de la Ste. Vierge, qui découvrait tout-à-fait ses mamelles en présence de deux Chanoines qui, bouches béantes, en recevaient le lait virginal ; ces *douze cercles*-là m'ont fort embarrassé et m'embarrassent encore.

bole de la plus grande dépression du soleil vers les régions australes, des plus longues nuits, des ténèbres les
plus profondes, du solstice d'hiver enfin.

Mais cet animal n'eût-il que la forme ordinaire du
chien, nous le retrouverions dans les monumens de Mithra. Il était consacré à Isis ou Phébé, reine des om-
bres, à la lune. Il figurait particulièrement dans ses mystères ; il suivait, dans ses processions, immédiatement
les dieux qui, comme ledit Apulée, daignaient y mar-
cher avec les jambes des hommes. Ainsi cette figure,
quelle qu'elle soit, est très-convenablement placée parmi
les emblêmes des ténèbres, et ne pouvait l'être ailleurs.

Du côté opposé du même pilier on remarque, dans
un vase, une plante dont la fleur ressemble parfaitement
au *lotus* des Égyptiens ; c'est du moins la forme qu'elle
présente sur un grand nombre de leurs monumens, sur
la table isiaque entr'autres : elle n'a pas, à la vérité, les
feuilles du lotus dont Mahudel nous a donné les dessins ;
mais elles ne sont pas autrement figurées sur les monumens dont je viens de parler. D'ailleurs le nom de lys
blanc du Nil, que les anciens, tel qu'Hérodote, ont
donné au lotus s'élevant des eaux de ce fleuve, a pu en
imposer aux sculpteurs, qui n'étaient pas toujours très-
exacts dans leurs dessins. Mais je le répéte, on y re-
connaît le lotus des Égyptiens, fleur consacrée au premier et au plus grand de leurs dieux, qui ornait la
tête d'Osiris et de ses Prêtres, qu'on retrouve par-tout
sur leurs obélisques et leurs médailles ; fleur qui chez eux
était le symbole du soleil levant, du soleil sortant du
sein des eaux, et nous ramenant la lumière.

L'on s'attend à retrouver, de l'autre côté, une fleur
consacrée à l'astre des nuits, puisque toutes les figures

ont présenté jusqu'ici, de part et d'autre entr'elles, le contraste le plus soutenu et le plus parfait. On la trouve, en effet; c'est celle du rosier. Cette fleur est formée d'un calice campanulé, partagé à son rebord en cinq découpures; elle a cinq pétales, (il ne peut être question ici que de la rose simple, les doubles n'étant que des variétés); enfin le plus grand nombre de ses petits rameaux porte cinq feuilles ou folioles. On sait que tout était mystérieux chez les Égyptiens; qu'ils avaient leur arithmétique sacrée; qu'ils cherchaient dans la nature entière, des objets de rapport et de comparaison avec leurs dieux; qu'ils ne négligeaient point les plantes; que celles qui leur offraient une forme, un nombre dans leurs fleurs et leurs feuilles, correspondant au nombre mystique de leurs dieux, leur étaient consacrées et employées de préférence dans leurs sacrifices. Celles qui renfermaient le nombre cinq étaient consacrées à Isis, *pentadem Isi*, dit Kirker, en parlant de ces plantes. La rose réunit ces caractères; figurait-elle dans les mystères d'Isis?

Un auteur qui avait été initié dans presque tous les mystères des dieux, qui, dans quelques-uns, avait rempli les fonctions les plus importantes, et connaissait particulierement les rites sacrés de ceux d'Isis, Apulée, dans son ingénieuse Métamorphose de l'Ane d'or, qui en contient la description, nous raconte que la lune ou Isis apparut en songe, dans tout l'éclat de sa splendeur, à Lucius qui avait été changé en Ane pour ses débauches; que, touchée de ses prières et de ses larmes, elle lui apprit que, le jour suivant, on célébrait une fête en son honneur où il y aurait une procession de ses adorateurs; que le Prètre qui devait la conduire, tiendrait entre ses mains une guirlande de roses qui auraient la vertu de le rétablir dans sa première forme. Et en effet il se rend au temple, la procession en l'honneur d'Isis commence ; le Prêtre ou l'Hiérophante conduit les initiés, une guirlande de roses entre les mains. Lucius approche, dévore les roses et reprend aussi-tôt son ancienne forme humaine. Cette guirlande représente évidemment celles dont les initiés étaient couronnés, et la vertu des roses est un emblême de celle des mystères de la déesse.

Voilà donc, Monsieur, encore une simple fleur qui, comme l'autre, vous paraissait insignifiante et étrangère à l'objet de notre tableau, qui s'y rattache, s'y lie et concorde avec toutes les figures qui le composent. Je dis toutes ; car je pense n'en avoir oublié aucune. Il me paraît, d'après cela, impossible que tout homme de sens et de bonne foi, ne voie dans leur disposition et leur arrangement invariablement symmétrique, que l'effet d'un pur hasard ou du caprice. C'est comme si l'on vous disait que ce juge, ces élus, ces réprouvés, ces Anges, ces démons, dont vous avez fait avec raison un jugement dernier, ont été jetés là par hasard ; que de leur mélange confus, il en est résulté fortuitement un pareil tableau, auquel ne pensait nullement le sculpteur. Je n'ai donc point prêté à ce sculpteur ou à celui qui l'a dirigé, des intentions trop réfléchies et plus d'esprit qu'il n'en avait ; car on reconnaîtra avec moi qu'il en avait beaucoup, et qu'il était très-versé dans les théogonies anciennes ; qu'un grand nombre d'autres figures sorties de ses mains, dont nous n'avons parlé ni l'un ni l'autre, mériteraient de votre part et de celle de gens plus instruits que moi, un examen approfondi.

Passons maintenant aux tombeaux des deux fondateurs de notre église, qui faisaient l'objet principal de mon

Mémoire, et pour l'explication desquels j'étais entré dans tous ces détails.

X. A droite, en entrant par la grande porte, est représenté vivant sur sa tombe, Évrard, revêtu de ses habits pontificaux, et donnant sa bénédiction. A ses pieds sont deux dragons ou serpens. A ses côtés, deux clercs portent des cierges allumés sur leurs chandeliers ; au-dessus, deux Anges avec leurs encensoirs dirigent leurs parfums vers le chef du Prélat ; ces clercs et ces Anges sont debout, et non *prosternés*, comme vous le dites, page 95. La tombe pose sur le dos de six lions.

Celui de Gaudefroy, placé de l'autre côté, est moins orné ; il est dans la même attitude et décoré des mêmes habits. Deux dragons ailés sont à ses pieds, et six lions portent cette tombe ; le dessous n'en est point maçonné, comme celui de l'autre.

J'avais cru voir, dans de pareilles monumens, une espèce d'apothéose. Et en effet, de quelle manière Évrard doit-il être reçu dans le séjour de la lumière et de la gloire céleste ? Des Anges, nous dit le tableau de la résurrection, viendront à sa rencontre, des cierges et des encensoirs à la main ; les cierges, dit aussi notre Catéchisme, sont les emblêmes de la résurrection. Voilà donc sur la tombe du Prélat qui y est représenté vivant, les signes chrétiens de son triomphe sur la mort éternelle. Mais nous avons aussi remarqué sur le même tableau, non-seulement les signes chrétiens de cette résurrection, mais encore des signes profanes : nous y avons vu le lion et le dragon ou serpent que nous retrouvons ici. Ce dernier n'a paru y figurer que comme le symbole du mal, des ténèbres de la mort ; le saint Évêque le foule donc de ses pieds, en signe de sa victoire sur lui. Le lion nous a paru être le symbole de la lumière dans tout son éclat, et le Prélat repose sur ce signe, la plus vive image de son triomphe. Que plaçaient les anciens sur la tête de leurs dieux, comme symbole de leur divinité ? C'était un cercle lumineux, un disque ou limbe, image du soleil dans sa plus haute exaltation. Les Romains en décoraient la tête de leurs Césars du haut et du bas Empire, et les Français l'ont donné à plusieurs de nos Rois de la première et seconde races, auxquels il était d'usage, à l'imitation des Romains, de décerner les honneurs divins. Les peintres et les sculpteurs le plaçaient de même sur la tête de leurs saints. Enfin nos Rois, vers le septième siècle, rougissant de porter un attribut sacré qui ne devait appartenir qu'à ces saints, quittèrent cette nimbe, ce soleil, et on y substitua le signe du zodiaque qui le représente, le lion, et on le plaça sous leurs pieds. On rencontre ce même symbole sur des monumens anciens de divers pays. D. Montfaucon, de Caylus et récemment M. Denon dans son superbe Voyage en Égypte, nous donnent les desseins de mumies posées, tantôt sur le dos du lion en pied, tantôt sur des espèces de table qui ont les formes du lion, qui en ont les pieds, et aux extrémités desquelles on a figuré leurs têtes et leurs queues. Les figures qui les accompagnent, ne laissent aucun doute sur l'intention qui a fait placer ces mumies sur de pareils supports. Je m'abstiens de répéter tout ce que j'en ai dit dans ma dissertation, et de citer d'autres monumens analogues, qui allongeraient inutilement cette lettre qui l'est déjà trop.

Si les lions ne sont point aux pieds de nos Évêques, comme dans la plupart des monumens plus modernes ; étant placés comme ceux des Égyptiens, ils n'ont point une signification différente ; elle est même mieux exprimée, et les serpens qui sont à leurs pieds, ne font que confirmer la justesse de l'allégorie.

Qu'opposez-vous, Monsieur, à toutes ces raisons ? « Ces monumens, dites-vous, page 99, sont ecclésiastiques, ils représentent deux Pontifes ; leur destination » était pour le temple ». Ainsi vous en concluez qu'on n'a pu y mettre des emblémes profanes. J'avais cependant cité des exemples du contraire, entr'autres le tombeau de Charlemagne, que Pascal III mit au nombre des saints. Ce tombeau, déposé au Muséum central des Arts, a pour ornemens extérieurs le rapt de Proserpine par Pluton. Ceux qui connaissent le sens allégorique de cette fable, y voient clairement les symboles du passage de la lumière aux ténèbres ou de la mort : pareil sujet était exécuté en mosaïque sur le pavé d'une chambre sépulchrale découverte à Rome ; Montfaucon nous en a donné le dessin. Cet emblême me paraît bien profane pour le tombeau d'un saint, et je doute que vous en trouviez l'explication dans le Psalmiste. Mabillon, dans son Voyage littéraire d'Italie, nous parle de tombes sépulchrales des Chrétiens dont l'inscription commence par ces mots : Aux Dieux manes, *Diis manibus*. On lit sur d'autres : Demeure éternelle, *domus æterna ;* inscription non moins payenne que la précédente. Les monumens ecclésiastiques portent donc quelquefois des signes du paganisme.

« Il est donc bien plus simple, ajoutez-vous, de penser » que le dessinateur ou le fondeur se sera laissé guider » par ces paroles du Psalmiste : *Super aspidem*, etc. ; » *vous marcherez sur l'aspic et le basilic, et vous fou-* » *lerez aux pieds le lion et le dragon.* On a tout uniment

» ment appliqué aux Pontifes du Seigneur, ces paroles
» qui ne regardent que le divin maître ». Mais alors pourquoi n'a-t-on pas mis sous leurs pieds les deux animaux
ensemble, comme sous ceux du divin maître ? Les deux
Pontifes ont seulement sous l'un et l'autre pied un dragon ou serpent, et ne foulent pas en même tems le lion.
Dans notre même Basilique, l'Évêque Ferry de Beau-
voir n'a qu'un lion sous ses pieds ; l'Évêque Simon de
Goucans foule, au contraire sous les siens, deux dragons
ou serpeus, sans lion. On n'a donc pas suivi le texte du
Psalmiste, suivant lequel il aurait fallu réunir ces deux
animaux, et je ne me rappelle pas d'avoir jamais vu pareille réunion.

« Quant à moi, dites-vous encore, je ne suis point
» étonné de trouver les mêmes emblêmes sur les monu-
» mens profanes ; tous les hommes sont orgueilleux, la
» domination leur plaît : il n'y a eu dans tous les tems
» que trop de *flatteurs*. Or, quoi de plus fait pour ca-
» resser l'amour-propre, que de mettre sous les pieds des
» grands de la terre les animaux symboliques de la *force*,
» du *courage* et de la prudence ; c'est annoncer leur
» supériorité, leur triomphe ».

J'avais répondu d'avance à tout cela, en citant les
tombeaux du petit Roi Jean, âgé de huit jours ; du fils
aîné de Louis IX, mort à l'âge d'un an ; ceux de plusieurs Reines et Princesses, etc. aux pieds desquels on a
placé le lion. Je demande si, sous de tels personnages,
les flatteurs ont voulu représenter la *force* et le *courage*.

Enfin vous terminez par ces mots : « Peut-être aussi
» ne doit-on attribuer qu'à la décadence de l'art et

C

» à la perte du bon goût, ces genres de support; ils
» étaient inconnus dans les beaux siècles de l'architec-
» ture ».

Il n'est pas question ici de juger si ces supports sont
de bon goût, mais de découvrir ce qu'ils signifient. Quand
vous parlez, Monsieur, page 44, de cet Ange qui sert
de support à la statue de la Ste. Vierge, et qui *joue du
violon pour égayer le sommeil de son fils* (qui au reste
n'a pas l'air de dormir), aurait-on bonne grace de re-
jetter votre ingénieuse explication, sous prétexte que ce
genre de support était inconnu dans les beaux siècles de
l'architecture? Un support tout-à-fait semblable, placé non
loin, sous les pieds d'une grande figure bien éveillée, a
échappé à vos recherches. Cet Ange joue du violon pour
égayer les veilles du personnage.

Il ne me reste plus, Monsieur, pour compléter les
preuves de ce que je viens d'avancer, que de vous rap-
peler brièvement ce que j'ai dit dans mon Mémoire, sur
la forme même de notre édifice et sur le genre particulier de ses ornemens, qu'il vous plait d'appeler *gothiques*
dans votre Introduction, qui contient d'ailleurs d'excel-
lentes choses sur l'origine et les progrès de l'architecture, et qui se trouvent confirmées par de bons auteurs
sur cette matière.

Nous allons d'abord relire ensemble cette Introduction
que nous leur comparerons.

M. Rivoire, p. 1.

Blondel. Encyclopéd. verbo *Architecture.*

« *L'architecture, en géné-ral*, est aussi ancienne que le monde (1). Dieu est appelé, dans l'Écriture, le *grand Architecte de l'uni-vers.*

« Pour parler de l'*archi-tecture civile*, nous dirons en général, que son origine est aussi ancienne que le monde ; que la nécessité enseigna aux premiers hommes à se bâtir eux-mê-mes des hûtes, des tentes et des cabanes, etc.

« Les Égyptiens passent pour avoir élevé les pre-miers des bâtimens sym-métriques et proportion-nés. La Grèce seule doit être regardée comme le berceau de la bonne archi-

» Les anciens auteurs don-nent aux Égyptiens l'avan-tage d'avoir élevé les pre-miers des bâtimens sym-métriques et proportion-nés. Nous regardons la Grèce comme le berceau

(1) L'architecture se divise en civile, en militaire et en navale. Il ne paraît guère que ces deux dernières aient existé dans les pre-mières années de la vie d'Adam ; ainsi Blondel paraîtrait s'exprimer avec plus de justesse, en disant que l'architecture civile seule a une origine aussi ancienne que le monde. Les preuves qu'il donne de son ancienneté ne seraient-elles pas mieux choisies que la vôtre ? car de ce que l'Écriture Sainte appelle Dieu le *grand Architecte de l'univers*, 1500 ans après la création d'Adam, il ne s'ensuit pas que ce grand Architecte ait bâti des cabanes ou palais, des citadelles et des vaisseaux, dans les six premiers jours de la création. Quant à l'univers, il ne fait l'objet d'aucun chapitre dans les traités d'ar-chitecture. L'expression d'Architecte de l'univers n'est peut-être que métaphorique ; qu'en pensez-vous ?

» tecture. C'est des peuples
» de ce beau pays que nous
» tenons les trois ordres do-
» rique, ionique et corin-
« thien.

» On doit aux Romains les
» ordres toscan et compo-
» site. Tous ces ordres réunis
» comprennent ce que l'ar-
» chitecture a de plus exquis.
» Ce bel art parvint à son
» plus haut degré de perfec-
» tion sous le règne d'Au-
» guste; négligée par Tibère
» son successeur, et par les
» Empereurs qui vinrent
» après eux, l'architecture
» marcha peu à peu vers sa
» décadence.

» C'est sur-tout sous Ca-
» racalla que s'évanouit son
» ancienne splendeur, et que
» cessa presqu'entièrement
» la perfection où on l'avait

» de la bonne architecture.
» Ce qui nous porte à croire
» que nous sommes redeva-
» bles aux Grecs des propor-
» tions de l'architecture, ce
» sont les trois ordres do-
» rique, ionique et corin-
» thien que nous tenons
» d'eux, les Romains ne
» nous ayant produit que les
» deux autres, connus sous
» le nom de toscan et com-
» posite, qui ensemble com-
» prennent ce que l'archi-
» tecture a de plus exquis.
» L'architecture dans Rome
» parvint à son plus haut de-
» gré de perfection sous le
» règne d'Auguste ; qu'elle
» commença à être négligée
» sous celui de Tibère, son
» successeur, etc. »

*Félibien. Rec. Hist. de la
vie et des ouvrages des
architectes. Édit. in-4°.
p. 123, 124.*

« Sous Caracalle l'archi-
» tecture déchut beaucoup
» de sa splendeur et de la
» perfection où on l'avait
» vue auparavant. Les trou-

» vue auparavant. Les trou-
» bles qui suivirent la mort
» de ce Prince contribuèrent
» encore à son affaiblisse-
» ment, et sans les soins et
» la magnificence d'Alexan-
» dre-Sévère, elle serait bien-
» tôt tombée tout-à-fait.

» Ce vertueux Prince con-
» naissait et aimait tout ce
» qu'il y avait de plus noble
» et de plus convenable aux
» personnes de son rang.
» Rien ne fut épargné par
» lui pour faire refleurir les
» arts et les sciences. Non
» content de faire construire
» un nombre presque infini
» d'édifices en différens lieux,
» sur-tout à Rome, il appela
» encore auprès de lui, par
» des promesses et par des
» récompenses, tous les ar-
» chitectes qui avaient quel-
» que réputation. Si sa vie
» n'eût pas été si courte, on
» aurait vu renaître dans les
» bâtimens toute la pureté et
» la perfection qu'on remar-
» quait en ceux qui furent
» construits dans les tems
» heureux où ce bel art était

» bles qui suivirent la mort
» de ce Prince contribuèrent
» encore à son affaiblisse-
» ment, et elle serait bientôt
» tombée tout-à-fait, sans les
» soins et la magnificence
» d'Alexandre-Sévère qui la
» soutint quelque tems.

» Ce vertueux Prince con-
» naissait et aimait tout ce
» qu'il y avait de plus no-
» ble et de plus convena-
» ble aux personnes de son
» rang. C'est pourquoi il n'é-
» pargna rien pour faire re-
» fleurir les arts et les scien-
» ces. Il ne se contenta pas
» de faire construire un nom-
» bre presque infini d'édifices
» en différens lieux, particu-
» lièrement à Rome; il attira
» auprès de lui, par de gran-
» des récompenses, quantité
» d'habiles architectes.... De
» sorte qu'on eût bientôt vu
» renaître dans les bâtimens
» toute la pureté et la per-
» fection qu'on remarque
» dans ceux qui avaient été
» faits du tems de Vespasien,
» de Tite, de Trajan, d'A-
» drien, des Antonins et de

» en honneur. Mais à peine
» fut-il parvenu à la fleur de
» son âge, que ses soldats le
» tuèrent dans une sédition
» suscitée par Maximin qui
» lui succéda,

» Sévère , si sa vie n'eût
» été trop courte pour ache-
» ver ce qu'il avait si bien
» commencé ; car à peine
» fut-il parvenu à la fleur de
» son âge , que ses soldats
» le tuèrent dans une sédi-
» tion que Maximin , qui fut
» Empereur après lui, avait
» excitée ».

Blondel, ibid.

« Ainsi l'amour que *Sévère*
» (1) eut pour l'architecture
» ne put la faire survivre à la
» chûte de l'Empire d'occi-
» dent, ni empêcher qu'elle
» ne tombât dans un oubli
» dont elle ne put se relever
» de plusieurs siècles. C'est
» dans ces tems de malheur
» et d'ignorance que les fé-
» roces Visigoths détruisi-
» rent par-tout les plus beaux
» monumens de l'antiquité.

« Ensuite Alexandre Sé-
» vère soutint encore, par son
» amour pour les arts , l'ar-
» chitecture ; mais il ne put
» empêcher qu'elle ne fût
» entraînée dans la chûte de
» l'Empire d'occident , et
» qu'elle ne tombât dans un
» oubli dont elle ne put se
» relever de plusieurs siècles,
» pendant l'espace desquels
» les Visigoths détruisirent
» les plus beaux monumens
» de l'antiquité ».

---

(1) Je crois, Monsieur, que vous auriez dû dire avec Blondel, Alexandre Sévère; car le dernier mot étant seul, désigne ordinairement l'Empereur *Lucius Septimius* Sévère, qui eut pour successeur Caracalla. Celui dont il est ici question, qui ne commença à régner qu'en 222, s'appelait Alexandre, *Sévère* n'est que son surnom.

» Ils auraient même entiè-
» rement démoli Rome, si
» Alaric, après l'avoir prise
» de force, n'eût empêché
» ses soldats de ruiner les
» édifices échappés à leur
» première fureur.

» Les Alains, les Vanda-
» les, les Suèves, les Huns,
» les *Goths* (1) et plusieurs
» autres nations qui ravagè-
» rent successivement l'Em-
» pire, commirent les mêmes
» excès que les Visigoths : ils
» renversèrent tous les bâti-
» miens considérables qu'ils
» rencontrèrent sur leur pas-
» sage.

» L'architecture se trouva
» réduite à une telle barba-
» rie, que ceux qui la profes-
» saient, négligèrent entiè-

Felibien, p. 136.

» Sans excepter ceux qui
» étaient dans Rome, puis-
» que même ils eussent entiè-
» rement démoli cette grande
» ville, si Alaric, après l'a-
» voir prise de force, n'eût
» empêché ses soldats de rui-
» ner les édifices échappés à
» leur première fureur.

» Les Alains, les Vanda-
» les, les Suèves, les Huns
» et plusieurs autres nations
» qui ravagèrent l'Empire
» successivement, commi-
» rent chacun en particulier
» les mêmes excès qu'avaient
» fait les Visigoths : ils ren-
» versèrent tout ce qu'ils
» trouvèrent de bâtimens con-
» sidérables sur leur passage.

Blondel, ibid.

» L'architecture se trouva
» réduite à une telle barba-
» rie, que ceux qui la profes-
» saient, négligèrent entiè-

---

(1) Félibien n'associe pas, comme vous, les Goths aux Alains,
etc. qui détruisirent les bâtimens : il dit, au contraire, quelques
pages plus bas, que, dans ces tems mêmes, les Goths favorisaient
l'architecture ; leur nom seul, que leur architecture en a emprunté,
prouve qu'ils n'en étaient pas les ennemis.

» rement la justesse des pro-
» portions, la convenance et
» la correction du dessin,
» parties qui constituent tout
» le mérite de cet art.

» De cet abus se forma
» une nouvelle manière de
» bâtir, qu'on nomma gothi-
» que, et qui a subsisté jus-
» qu'à Charlemagne et *Fran-*
» *çois Ier*(1), qui *entreprirent*
» de rétablir la bonne archi-
» tecture et de lui rendre ses
» principes et son antique
» splendeur. La France encou-
» ragée pour lors par Hugues
» Capet, qui avait beaucoup
» de goût pour cette science,
» s'y appliqua avec quelque
» succès. Robert son fils, qui
» lui succéda, eut les mêmes
» inclinations libérales ; de
» sorte que, par degrés, l'ar-
» chitecture changea de face,
» mais donna dans un excès
» opposé en devenant trop

» rement la justesse de ses
» proportions, la convenance
» et la correction du dessin,
» dans lesquels consiste tout
» le mérite de cet art.

» De cet abus se forma
» une nouvelle manière de
» bâtir que l'on nomma go-
» thique, et qui a subsisté
» jusqu'à ce que Charlema-
» gne entreprit de rétablir
» l'ancienne. Alors la France
» s'y appliqua avec quelque
» succès, encouragée par
» Hugues Capet qui avait
» aussi beaucoup de goût
» pour cette science. Robert
» son fils, qui lui succéda,
» eut les mêmes inclinations;
» de sorte que depuis, l'ar-
» chitecture en changeant de
» face, donna dans un excès
» opposé en devenant trop
» légère. Les architectes de
» ce tems-là faisaient con-
» sister les beautés de leur

(1) Voici encore un mot que vous ajoutez à Blondel, qui me paraît tout brouiller. Ce savant architecte n'aurait jamais dit, qu'a-
près François Ier., qui ne mourut qu'en 1547, les Français encou-
ragés pour lors par Hugues Capet, qui était monté sur le trône dès
l'an 987, s'appliquèrent à l'architecture.

» légère. Les architectes de
» ce tems-là faisaient con-
» sister les beautés de l'art
» qu'ils exerçaient dans une
» délicatesse et une profu-
» sion d'ornemens jusqu'alors
» inconnues ; excès dans le-
» quel ils tombèrent , sans
» doute par opposition à l'ar-
» chitecture gothique qui les
» avait précédés, ou par le
» goût qu'ils reçurent des
» Arabes et des Maures qui
» apportèrent ce genre en
» France des pays méridio-
» naux , comme les Vandales
» et les Goths avaient appor-
» té des pays du nord le goût
» pesant et gothique.

» architecture dans une *déli-*
» *catesse et une profusion*
» *d'ornemens* jusqu'alors in-
» connus ; excès dans lesquels
» ils tombèrent, sans doute
» par opposition à la *gothique*
» qui les avait précédés , ou
» par le goût qu'ils reçurent
» des *Arabes* et des Maures
» qui *apportèrent ce genre en*
» *France* des pays *méridio-*
» *naux*, comme les Vandales
» et les *Goths* avaient apporté
» des pays du nord le goût
» *pesant et gothique* ».

Félibien, p. 203.

» C'est de cette époque si
» funeste aux arts, que date
» le nouvel *ordre gothique*,
» ordre si éloigné des pro-
» portions et des ornemens
» antiques, que ces colonnes
» de différens modules sont
» ou trop massives en ma-
» nière de piliers, ou aussi
» minces que des perches ou-
» vragées de sculpture de-
» puis le haut jusqu'en bas,

» Vasari, en parlant d'une
» église bâtie à Arezzo par
» Marchione (en 1216), dit
» qu'il y avait dans la façade
» trois rangs de colonnes les
» unes au-dessus des autres;
» que ces colonnes étaient de
» différens modules, ou fort
» grosses ou extrêmement
» menues , ouvragées de
» sculpture depuis le haut
» jusqu'en bas, assemblées

» assemblées deux à deux » dans des endroits, et quatre » à quatre dans d'autres, sou- » tenues la plupart sur des » espèces de consoles repré- » sentant divers animaux tra- » vaillés avec beaucoup d'art » et de soin, quoique d'une » manière fort capricieuse ».

» deux à deux dans des en- » droits, et quatre à quatre » dans d'autres, et soutenues » la plupart par des espèces » de consoles représentant » divers animaux, travaillés » avec beauconp d'art et de » soin, quoique d'une ma- » nière fort capricieuse ».

Je m'arrête ici, Monsieur, le reste de votre intro- duction ne contenant rien qui ait rapport à notre objet, si ce n'est que vous y regardez la Cathédrale comme le triomphe de l'architecture *gothique*, à l'exception de son portail duquel on peut dire, suivant vous, comme de la plupart des *ornemens gothiques*, que c'est une énigme pour les yeux et un *poëme obscur pour l'âme.*

Dans ce que j'ai transcrit de votre ouvrage, vous avez, ainsi que Blondel dont vous ne récuserez pas l'autorité, avancé précisément le contraire sur le genre d'architec- ture qui la distingue. Vous nous avez appris qu'à l'ar- chitecture *lourde et gothique*, qui avait subsisté jusqu'à Charlemagne, on en avait substitué une qui avait les défauts opposés, qui était trop délicate, trop légère, trop chargée d'ornemens, soit par opposition à la *go- thique*, soit par le goût des *Arabes* qui apportèrent ce genre en France des pays *méridionaux*, comme les *Goths* avaient apporté des pays du *nord* le goût *pesant et go- thique*. Cela me paraît clair.

A cela vous ajoutez, il est vrai, que c'est de cette époque que date le *nouvel ordre gothique*. Mais comme ces mots, que je n'ai retrouvés nulle part, me semblent

être de vous et n'avoir été ajoutés à la phrase de Félibien, que pour amener le lecteur à votre opinion, et
que, d'ailleurs, jusqu'ici vous n'avez pas été très-heu-
reux dans les changemens (1) que vous avez faits aux

(1) Vous ne m'avez pas semblé plus heureux dans les quatre
premières pages de votre premier chapitre, qui paraissent litté-
ralement copiées dans Félibien ; car on y retrouve toutes vos
phrases aux pages 3, 7, 17, 24, 80, 81, 83 et 85. Les légers changemens que vous y avez faits, sont, comme dans votre introduction, les indices d'autant d'erreurs, comme il est facile de s'en
convaincre. Il en est de même, pour ne parler que de Félibien,
de ce que vous dites, (p. 42), sur la tour de Strasbourg. Cet auteur qui, (page 232), s'est encore exprimé dans les mêmes termes
que vous, a cependant évité les erreurs que vous avez commises
en si peu de lignes sur cette tour, probablement parce que vous
avez voulu être plus concis que lui. Tant il faut être scrupuleux
dans les emprunts, même furtifs, qu'on fait aux bons livres ; car
il en est d'eux comme des bons monumens, auxquels peu de personnes peuvent toucher sans les gâter. Vous êtes bien plus exact,
lorsque vous ne parlez que d'après vous-même. Aussi je n'éleverai
aucun doute sur les époques et les détails de vos importantes anec-
dotes, et je regarde comme certains, l'année, le mois, le jour,
l'heure, où *Jacquot Jamart*, neveu du sieur Valart (page 41), a
grimpé jusqu'au haut du portail avec ses pieds et ses mains seuls ;
l'an, le mois, le jour, l'heure et presque la minute, où Devau-
chelles (page 60) a également grimpé jusque dessus le coq, et y a
fumé sa pipe ; l'an, le mois et le jour où le petit bourdon (p. 62)
a eu le malheur de se fêler, pendant la première *messe rouge*,
après avoir si bien carillonné, l'année précédente (page 63), les
funérailles de feue la dernière décade ou dimanche républicain.
Peut-être, au reste, y a-t-il encore ici une petite erreur ; car vous
dites que ses *frères primidi*, *duodi*, etc. *étaient morts quelques*
années auparavant. Il m'avait semblé qu'ils étaient tous décédés
le même jour. Cette légère remarque ne pourrait vous intéresser,

auteurs que vous avez consultés ; je ne crois pas devoir m'y arrêter.

J'avais donc eu raison de dire , d'après M. Lenoir, que l'architecture , à l'époque de la fondation de notre église , était toute *arabique ;* que le modèle nous en avait été apporté d'Asie , du tems des croisades ; que les ogives qui donnent la forme à ses portails et à ses fenêtres ; que les divisions intérieures de ces ogives, en trois parties égales entr'elles , et qui représentent une feuille de vigne ou de lierre découpée et percée à jour , qu'on observe dans la construction des croisées et sur ses murs ; que les ronds parfaits ou roses qui surmontent ces ogives , ou forment les grandes croisées des trois portails , n'étaient qu'une copie fidèle de la structure et des ornemens des temples asiatiques. J'avais ajouté que les constructeurs de ces édifices s'étaient conformés au goût religieux de ces peuples , qui aimaient à retrouver dans la forme même de leurs temples , les images des objets de leurs cultes. Or quels étaient les objets de ce culte ? Chez les Perses c'était Oromaze ou la lumière la plus pure , dont l'œuf était l'image. Chez les Égyptiens, l'œuf fécondé de la substance lumineuse , était le principe créateur de leur Osiris et d'Isis. Chez les Grecs, l'œuf était le symbole du monde, etc. L'ogive, chez eux, était la représentation de cet œuf sacré, de cet œuf mystique qui a été en si grande vénération chez les anciens, dont le culte s'est perpétué et a pénétré jusque dans les pa-

qu'autant que vous auriez réellement porté quelque affection à cette famille , de son vivant , comme le prétendent quelques méchans ; famille qui, du moins, n'était pas entachée des noms profanes et payens de celle qui lui a succédé.

godes des Japonais. Par-tout encore, disais-je, on en
conserve quelques traces ; car c'était, suivant Court de
Gébelin, un usage commun chez tous les peuples d'Eu-
rope et d'Asie, de célébrer la fête du nouvel an en man-
geant des œufs ; ils faisaient partie des présens qu'on
s'envoyait ce jour-là : on avait soin de les teindre en
plusieurs couleurs, sur-tout en rouge, couleur favorite
des anciens et particulièrement des Celtes. Rappelons-
nous ici que, dans ces tems, la fête du nouvel an était
la fête de la victoire du soleil dieu-lumière sur les ténèbres, qui se célébrait à l'équinoxe du printems. Lebrun
rapporte qu'en Russie, on commence la solemnité de
Pâques en se donnant des œufs ; que cette coutume s'observe également et parmi les grands et parmi les petits ;
qu'on peint ces œufs, et qu'on y lit ces mots : *Christ
est ressuscité.* Le même voyageur dit qu'à Ispaham, le
jour de la célébration de la fête de l'année solaire, le
20 mars, les Persans se donnent des œufs colorés. Et
nous-mêmes n'avons-nous pas nos œufs de Pâques ? Ne
soyons donc point surpris de retrouver perpétuellement
la figure de l'œuf ou l'ogive, sur un édifice dont le modèle subsiste chez des peuples où l'œuf est en si grande
vénération.

Il en est de même de ces roses qui se trouvent dans
toutes les croisées de notre Basilique. Si l'œuf se déve-
loppe avec majesté à sa principale entrée, les trois roses
ne se présentent pas avec moins de magnificence sur ses
trois portails (1).

---

(1) Vous nous apprenez, Monsieur, (page 76), que celle du
grand portail, *sur le plan* duquel vous présumiez (page 28) que
Robert de Lusarches *avait détaché plus d'étincelles de son*

Cette figure est encore l'image du dieu que l'univers presqu'entier a adoré sous mille noms différens, du soleil. C'est ainsi que dans les temples de forme ronde, que les Thraces lui avaient consacrés, une grande ouverture circulaire introduisait son image dans le sanctuaire. Telle est aussi la forme que les Romains donnèrent au fameux temple qui subsiste encore sous le nom de Rotonde, qu'ils avaient consacré à leur Jupiter dieu du jour, et aux autres divinités, et qui ne reçoit la lumière que par la grande ouverture circulaire qui termine son sommet. Les Prêtres mêmes, tels que ceux d'Isis, les sacrificateurs de Sérapis, portaient ce rond, cette image du soleil, sur leurs têtes ; usage si ancien parmi les payens, que Dieu, dans l'ancienne loi, défendit aux sacrificateurs et aux lévites *de raser leurs têtes en rond.* Enfin les feuilles de vigne et de lierre, qui

---

grand talent, représente la terre et l'air; que celle du midi représente le feu, et la troisième l'eau. Cela viendrait encore à l'appui de tout ce que j'ai avancé ; car les quatre élémens étaient aussi, comme tous les agens de la nature, l'objet du culte des mêmes peuples, et jouaient un grand rôle dans leurs théogonies; Le rouge, le bleu et le jaune ou l'or, qui dominent dans ces vitraux, étaient des couleurs mystérieuses et sacrées, exclusivement employées dans leurs temples; elles désignaient le feu, le ciel et la lumière.

Je crois que vous vous trompez, en avançant (pag. 71 et 75), que nous avons perdu le secret de fixer les mêmes couleurs sur nos verres. Vous pourriez consulter là-dessus nos chimistes.

Je me suis placé, d'après votre conseil (page 76), sous la grande croisée, le dos tourné vers la grille du chœur, pour jouir de votre *spectacle ravissant*, et je n'ai jamais pu *découvrir à-la-fois ces trois roses ;* il m'a fallu les regarder les unes après les autres, ce qui au reste n'a pas diminué la beauté du spectacle.

dominent dans les ornemens de l'édifice, étaient essentiellement consacrées, comme je l'ai déjà dit, au dieu-
lumière Dionysius ou Bacchus.

Ainsi donc, Monsieur, la structure particulière du
corps de notre église, le genre de ses ornemens, con-
cordent parfaitement avec les figures allégoriques que
nous avons remarquées sur son portail. C'est le même
génie, le même esprit qui en a dirigé l'ordonnance et
l'exécution. Si le culte des astres en a fourni la pensée,
si le lion et le serpent sont les principaux symboles de
cette religion, si la tombe des fondateurs offre le même
caractère, le même style, les mêmes figures que le portail, j'ai pu en conclure que les mêmes animaux signi-
fiaient la même chose, et sur l'un et sur l'autre monument; en un mot, qu'ils étaient le symbole du triomphe
des Prélats sur la mort, et que M. Lenoir avait eu raison de regarder le lion placé sous les pieds des anciennes
statues, comme un emblême de l'apothéose de ces personnages, et comme le symbole de leur résurrection.

Après vous avoir démontré, Monsieur, non pas que
mes explications étaient bonnes, je n'ai pas cette pré-
somption, mais que vous m'aviez fait dire ce que je
n'ai pas dit, et que vous aviez dénaturé mon opinion,
je vous demanderai si, en bon, loyal et discret con-
frère, vous pouviez, sans mon aveu, exhumer et produire au grand jour, un Mémoire destiné à une séance
particulière, et lu comme en famille, que je n'avais
présenté à l'Académie que comme le denier de la veuve,
pour acquitter mon tribut, qui, depuis plus de deux
ans, reposait tranquillement oublié parmi d'autres écrits,
dont quelques-uns le sont peut-être également, quoique
bien plus dignes d'un meilleur sort. Quant à la notice

qui en a été publiée. dans le compte imprimé des travaux de cette société, et qui n'est l'analyse que d'une petite partie de ce qu'il contient : elle appartient au public, et la critique pouvait s'en emparer. C'est un droit dont vous aviez déjà largement usé, d'autres disent abusé, envers l'un de nos directeurs. Si vous vous étiez borné à la censure de ce que dit cette notice, j'aurais admiré en silence l'explication spirituelle que vous avez substituée à la mienne.

Mais, sans nécessité aucune pour votre gloire, vous m'arrachez impitoyablement à ma douce obscurité, pour me livrer tout défiguré à la risée de vos lecteurs. Le sacrifice de quelques lignes, qui vous avait été demandé par un de nos confrères qui sentait l'inconvenance de la publicité de votre censure, était si facile et si léger, dans un ouvrage aussi riche d'érudition, qu'il faut que vous ayez été forcé par des motifs bien puissans. En y réfléchissant, j'ai cru les trouver dans cette sentence que vous proférez à mon sujet (page 35) : *L'esprit a ses écarts, et l'érudition ses dangers.*

Hé ! Monsieur, le Suisse qui explique aux étrangers les beautés de notre Cathédrale, ne se doute guère des explications de quelques figures de son portail que j'ai données, à huis clos, devant des sages incapables de toute séduction. D'ailleurs votre ouvrage, qu'il est, dit-on, chargé de leur débiter, leur offrira un antidote trop sûr contre le venin que votre clairvoyante piété y a découvert.

Mais vous-même, Monsieur, qui paraissez d'un scrupule si chatouilleux, êtes-vous bien pur du côté du scandale ? Vous évoquez (page 32), sans nul besoin, puisque, dans la même page, vous proposez comme bien
plus

plus probable, une autre explication ; vous évoquez, dis-
je, un personnage grave que le judicieux Abbé Fleury
regarde comme le prodige de son siècle, qui a été élevé
au rang des saints par l'Église, dont il a été proclamé
le dernier Père, St. Bernard enfin, et vous le placez,
contre toute convenance historique, aux pieds du Juge
suprême, sous le prétexte apparent d'y intercéder, mais
réellement, on peut le dire, pour vous donner le malin plaisir de le charger d'une belle et bonne calomnie ; car vous
dites que *ce saint promettait aux croisés* (1) *autant de*
terrain dans l'autre monde, qu'ils lui en abandonneraient
dans celui-ci. Laissez, Monsieur, laissez de pareilles
turpitudes dans la bouche des impies, des *philosophes*,
et ne leur enviez pas la triste consolation de blasphémer
les saints. Celui-ci était bien trop fin, et d'une religion
trop éclairée, pour se permettre des escroqueries qu'on
ne pourrait supposer dans les moines les plus vils, les
plus cupides, les plus grossiers, les plus ignorans.

Ne fournissez-vous pas encore matière au scandale,
quand vous dites (page 60), qu'en 1628, le Chapitre fit
placer des reliques des SS. martyrs Fuscien, Victorice
et Gentien, dans la grosse pomme ou sphère, sur laquelle pose la croix du clocher, *pour préserver la flèche*
des atteintes de la foudre, ajoutant quelques lignes plus
bas, que le tonnerre, *à une heure après midi, mit le*
feu un peu au-dessous de cette pomme; accident dont *les*
suites ne furent arrêtées que par des secours prompts et
sagement administrés ? D'après un pareil rapprochement

---

(1) Vous ajoutez, au sujet de ces croisades, qu'elles n'ont été
utiles que *pour les moines ;* lisez Fleury, le Président Hénault,
etc. : ils vous apprendront qu'elles ont eu des résultats d'une bien
autre importance.

ne semblerait-il pas que ce tonnerre a affecté de braver, en plein jour, ces saintes reliques, et de déjouer les pieuses précautions du trop confiant Chapitre ? Non, Monsieur, les Chanoines du dix-septième siècle étaient déjà loin de la barbarie de leurs superstitieux devanciers. Ils savaient qu'il n'est pas permis de tenter Dieu et les saints, parce qu'il est écrit : *Non tentabis Dominum Deum tuum;* ils savaient qu'ils ne pouvaient le forcer de faire des miracles, et qu'il laisse tomber son tonnerre jusques sur ses tabernacles ; et ils n'avaient voulu, sans doute, qu'imiter la pieuse action du très-peu pieux, mais très-éclairé Pape Sixte-Quint, qui, quarante ans auparavant, avait fait placer au sommet de l'obélisque élevé devant l'église de Saint-Pierre, un morceau de la vraie croix, non pour en faire un paratonnerre, mais pour l'exposer à la vénération des fidèles.

Êtes-vous plus édifiant dans un des passages mêmes de votre livre où vous affectez le plus de piété, où vous regrettez le *beau spectacle que donnaient les surplis bien blancs, bien plissés* (pag. 182) qui *remplissaient toutes les stalles ?* Vous y déplorez la perte que l'église a faite de ses biens, qui, suivant vous, (page 49), étaient le fruit de la *spoliation* de la part d'un *Clergé peu scrupuleux sur les moyens de s'enrichir;* vous regrettez, dis-je, ces richesses que St. Bernard appelait, au contraire, *les filles de la vertu,* qui, suivant sa prophétie que vous nous rapportez, *ont étranglé leur mère : Virtus peperit divitias et filiæ ejus suffocaverunt matrem ;* vous les regrettez, au risque d'une nouvelle suffocation, sans songer que les beaux siècles de l'Église, ceux de sa vraie richesse, ceux qui étaient fertiles en saints et en miracles, étaient ceux de sa pauvreté évangélique, comme

porte ce vieux dicton : crosse de bois, Évêque d'or. Et pourquoi les regrettez-vous ? pourquoi en demandez-vous de nouvelles ? Vous allez nous l'apprendre. « Il est à de-
» sirer (page 183) qu'on dote plus avantageusemet les
» Églises cathédrales, et qu'on les mette à même d'éle-
» ver et d'entretenir des enfans de chœur, ces fécondes
» pépinières pour la musique et les *théâtres*..... L'espé-
» rance d'avoir de nouveaux *Grétry*, de nouveaux *Le-*
» *gros*, devrait faire rétablir la *source d'où ils sont sor-*
» *tis* ». En d'autres termes, il faut donner notre argent (1) aux Cathédrales, pour les convertir en séminaires de comédiens et de faiseurs d'opéra. Soit, pour ceux qui aiment la comédie. Je m'abstiens de toutes réflexions.

---

(1) La manière dont vous traitez quelques donateurs n'est pas très-engageante. Voici comme vous vous exprimez au sujet de l'un d'eux (pag. 167 et 168) : « Ce mausolée est placé là pour trans-
» mettre aux générations les plus reculées la mémoire d'un nommé
» Charles de Vitry...... Ce Charles de Vitry était Receveur des
» gabelles....... La seule chose importante de l'épitaphe qui est en
» bas, c'est qu'il a donné, *en mourant*, trois mille francs.......
» Nos financiers modernes ont bien hérité de ses talens, mais
» non de sa générosité envers l'Église. Au surplus, il faut les
» attendre au moment où les remords parlent plus haut que l'*auri*
» *sacra fames* ». Quiconque ne verra pas dans ce mausolée placé pour transmettre aux *générations les plus reculées*, la mémoire d'un *nommé* Ch. de Vitry qui n'a laissé qu'*en mourant* (mots malignement soulignés) 3000 liv., et dont on ne rappelle que les *talens* financiers, avec les mots de *remords* et d'*auri sacra fames ;* quiconque, dis-je, n'y verra pas une injure sanglante en-vers ce bienfaiteur, qu'il n'appartient à personne de juger, doit renoncer à en trouver nulle part. Avis aux financiers qui se feront connaître par leurs dons.

Comment avez-vous pu, Monsieur, dédier à un Évêque (1) un ouvrage dans lequel vous alliez ainsi Jésus à Bélial? Vous n'avez donc aucune idée des convenances ? Comment enfin vous êtes-vous flatté que ce Prélat accueillerait un tableau où vous avez peint d'une manière si peu fidèle et si peu décente, sa *première*, sa belle et *gothique* *épouse ?*

Je n'irai pas plus loin, Monsieur, je n'ai déjà que trop fatigué votre patience. Je ne me suis pas proposé d'examiner tout votre ouvrage qui, dans une lecture rapide, m'a paru susceptible de beaucoup d'autres remarques. N'ayant pris la plume que dans la nécessité d'une légitime défense, et mon but étant rempli, je la pose avec plus de plaisir que je ne l'avais prise. Recevez-en, Monsieur, l'assurance, etc.

Amiens, 10 *octobre* 1806.

RIGOLLOT.

---

(1) Votre dédicace à sa Grandeur commence par cette phrase : « Placée d'abord par l'immortel Napoléon sur le siége d'Amiens, » ce grand appréciateur des hommes et des choses a depuis appelé » votre Grandeur à un poste où elle devait être plus utile ». On prétend que cette construction n'est pas française. Comme je ne suis pas puriste, et que j'ai besoin moi-même de beaucoup d'indulgence, je vous en abandonne la décision. J'ai peine à croire que, dans le morceau le plus soigné de votre livre, le morceau d'apparat qui d'ailleurs est si court, vous vous soyez permis une faute de grammaire, que nos barbouilleurs d'enseignes, que vous accusez si justement de n'être pas forts sur cet article (page 130), ne manqueraient pas de vous reprocher dans leur dépit.

www.ingramcontent.com/pod-product-compliance
Lightning Source LLC
Chambersburg PA
CBHW060819180626
46818CB00002B/883